U0026478

改變孩子未來的
思考閱讀系列 5

어린이 행복 수업-어떡하지, 난 꿈이 없는데

小學生的未來志願教室

元在吉 원재길——文 金素嬉 김소희——圖
劉小妮——譯

第一章 為什麼一定要工作？

第二章 世界上有哪些職業？

第三章　職業有好壞之分嗎？

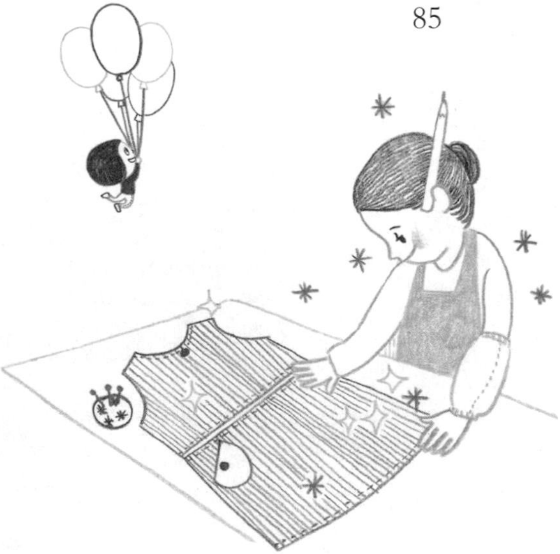

第四章　工作的態度很重要

第五章 要怎麼選擇職業呢？

第六章 未來的我，想做什麼？

第一章

為什麼一定要工作？

大人們常常問小孩，長大後想要做什麼工作？有些小孩會想：「長大一定要工作嗎？」這麼多的大人都在工作，是有什麼原因呢？我們就來看看是哪些原因吧？

成為真正的「大人」！

今天早上吃飯時，爸爸問小浩：「小浩，你長大後會成為什麼樣的人？」

「就是成為大人啊！」

小浩才說完，爸爸就笑了。這時候，坐在身旁的媽媽忍不住出聲提醒，說道：「爸爸是問你長大之後，想要做什麼工作？」

小浩用手拍了一下額頭，恍然大悟的說：「原來是問這個啊！」

可是，小浩只是乾瞪眼，完全答不出來。他從來沒有想過未來要做什麼工作啊？

到了學校，老師也問了相同的問題：「你們長大後，想要成為怎麼樣的人？好好想一下，然後寫出來。下一堂上課的時候，每個人都要發表自己的想法。」

小浩絞盡腦汁，還是不知道要寫什麼？突

然，他想起在公司上班的叔叔，於是他在紙上寫了「上班族」。

晚上，叔叔來小浩家，大家一起看電視的時

候，叔叔問小浩：「小浩啊，你長大之後想成為怎麼樣的人呢？」

小浩的眼睛張得很大，他說：「今天真的是很奇怪的一天！我已經被問三次這個問題了。我長大之後會結婚，然後變成爸爸。」

叔叔聽了，哈哈大笑，然後摸著小浩的頭，笑著說：「不是這個，是問你以後想做什麼工作？」

小浩歪著頭說：「一定要工作嗎？只是跟朋友們玩得很開心不行嗎？」

叔叔搖了搖頭。

「那樣是不行的，一定要工作才代表長大，成為真正的大人。」

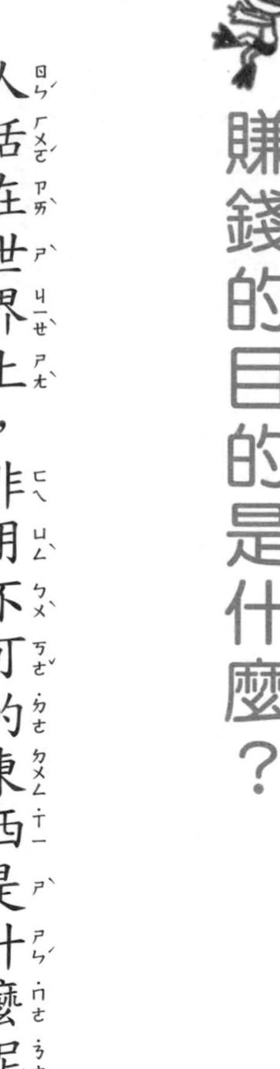

賺錢的目的是什麼？

人活在世界上，非用不可的東西是什麼呢？首先，一定是食物。因為沒有食物可吃的話，肯定就會餓死。這些用來買食物的錢，花在飲食的費用被稱為「餐費」或是「伙食費」。

其次，為了不想流落街頭，人必須找個地方

住。不過，光有一間遮風蔽雨的房子還不夠，想要好好生活，住在這間屋子裡，就會使用到水、電、瓦斯，必須繳交「水費」、「電費」、「瓦斯費」等各種費用。有了這些，我們才能夠住得安心、便利。

我們還需要穿衣服，身體才能保暖。如果全身光溜溜的，容易受傷或生病，這些買衣服的錢被稱為「治裝費」。

這些生活上所需的花費，可以統稱為「生活開銷」，都是為了幫助我們維持身體健康所必須花費的錢。

人們透過工作賺錢，再利用獲得的錢幫自己和家人支付食衣住行等費用。當這些

民生問題解決之後，就會開始追求心靈上的滿足。像是去旅行、閱讀、看電影，或是欣賞舞台劇、美術展覽、聽音樂會、看球賽等，這些娛樂休閒活動，形成了我們的文化，讓生活更豐富。

想要參與這些活動，享受藝文生活也需要用到錢，如果得不到這種滿足，我們的生活就會相當貧乏，人類的文明也不會提升進步。

工作賺來的錢，還可以用來完成夢想，比方說想要打造一個家、創作自己喜歡的作品，也需要費用買材料。此外，錢也可以用來幫助社會上的其他人。

工作能獲得「成就感」

當考取好成績，被父母稱讚時，你的心情如何？一定會為這段時間的努力學習感到自豪，甚至開心的跳起來慶祝吧？當你把房間打掃得很乾淨，雖然滿頭大汗，但心情也會很愉快吧？平常就算是幫忙推購物車，或是在牆上幫忙釘釘子也會很有成就感。

當能力有所發揮時，就會獲得成就感。工作也是在發揮能力，如果成為大人卻什麼事都不做，只是一直玩耍的話，是不可能有成就感的。

而且只有工作還不夠，如果偷懶不努力，也是得不到成就感。假設開餐廳的老闆隨便做出一道料理，卻忘了加鹽巴或炒焦，客人不會喜歡吧？只有用心做出美食，看客人吃得津津有味，才會有成就感。

渴望得到別人的認同

當別人對自己的能力和技術表示認可時，成就感會更加強烈，為此感到自豪。「認可」是得到他人的認同，經常被別人認可的話，自信心就會增加，也會更加努力表現，在社會發展中，「認可」扮演非常重要的角色。

電腦故障時，我們會送去請人維修。維修人員拆開電腦仔細檢查，修得滿頭大汗，等他修好之後，原本無法使用的電腦恢復正常。這時候，我們如果能夠對維修人員說聲：「謝謝！」相信維修人員一邊擦著汗，一邊也會心滿意足地笑著，那是工作帶給他的成就感而展露出來的笑容。

好好發揮自我的才能

每個人都擁有不同的才能嗎？大家是不是常擔心自己沒有任何才能，覺得很苦惱呢？

其實，每個人都有才能，只是有些人的才能很早就被發現，有的比較晚。努力培養自己的才能，然後將它運用在社會當中，並得到最大的成果，這種欲望就是自我實現。

每個人都有自我實現的欲望，只有在工作的時候，才能夠滿足這個欲望。如果有個人很擅長繪畫，長大之後成為了畫家，並且持續不斷的創作。有一天，他畫出了自己滿意的作品，也獲得別人的認可。透過繪畫這個工作，他提升自己的能力，盡可能將它發揮到極致，最後完成「自我實現」。

你曾經為了做自己喜歡的事，設定一個目標，然後努力執行嗎？你在完成目標時，是不是覺得很開心呢？這種愉悅感比考試考一百分，或在比賽中獲得獎項更有價值。

夢想的最高目標是「幸福」

人類從很久以前，就知道「自我實現」是人生當中非常重要的事，第一次使用這個詞彙的人，是古希臘哲學家亞里斯多德。他相信人類夢想的最高目標是「幸福」，發掘出自我潛能，並盡可能提高，完成自我實現時，就可以因此獲得幸福。

由不同職業組成的社會

這個社會就像是一面石牆，有圓圓的石頭、有稜角的石頭、有尖銳的石頭、還有又扁又寬的石頭，有大石頭、小石頭等各種石頭。彼此互相配合，就可以組成一面堅固的石牆。

假如這面牆只有圓圓的石頭或巨大的石頭，只

要一有強風吹來，
馬上就會倒塌。
如果社會是一
面石牆的話，組成
這面石牆的各種石
頭，可以看成是社
會上的所有職業。

社會需要清潔人員，也需要醫生和裁縫師。如果沒有人做這些工作，路上就會堆滿垃圾、病患也沒有人幫忙看診治療、我們也沒有衣服可以保暖。就像結構鬆散的石牆，這樣的社會很快就會因為支撐不下去而面臨崩壞。

世界上的各種職業，都是因為有人需要才產生出來的。人們透過不同的職業，各自努力發揮自己擅長的事情，不知不覺中，我們都受到別人的幫助，同時也在幫助其他人。

身為社會成員的每一個人，發揮各自的能力，透過工作努力付出，不只是可以幫自己賺取生活費用，也能夠幫助社會維持穩定和完整。

一日不作，一日不食的百丈禪師

唐朝有位「百丈禪師」，他在年輕的時候就非常勤勞。即使到了八十多歲，他還是每日天一亮，就拿起鋤頭去田裡工作，直到太陽下山才休息。

其他的和尚擔心他那樣工作會生病，就對他說：「您的歲數已經很大了，不要再工作了。」可是百丈禪師還是不肯聽。其他人沒有辦法，有一天，就把他的鋤頭偷偷藏起來。

隔天，百丈禪師發現自己的鋤頭不見了，大聲喊著：「把我的鋤頭還來！」可是所有的和尚都裝作沒聽到，為了讓他休息，說什麼都不肯歸還。

結果，那天百丈禪師一整天都不吃飯，隔天也不進食，接下來每一天都是如此。最後，身體支撐不住就病倒了。其他人實在沒辦法，只好把鋤頭還給他。

沒想到，百丈禪師突然坐了起來，而且精神抖擻，立刻拿起鋤頭到田裡開始工作。

那天晚上回來之後，百丈禪師才開始吃飯，其他人這時才明白，百丈禪師在他的房間內寫著「一日不作、一日不食」的真正用意。

現在我們生活的社會是由各行各業分工而成，想吃飯不需要自己下田耕種，但是要身體力行，「有付出才可以享用」的精神是相同的。

希望每一個人都能體會到百丈禪師想要傳達的

想法，努力的做好自己應該做的事情。即使現在年紀還小，但只要認真上學、回家主動幫忙分擔家務事。相信將來長大之後，也能夠在自己負責的工作職務上有所發揮，盡力完成任務，不會變成大家口中偷懶摸魚的「薪水小偷」！

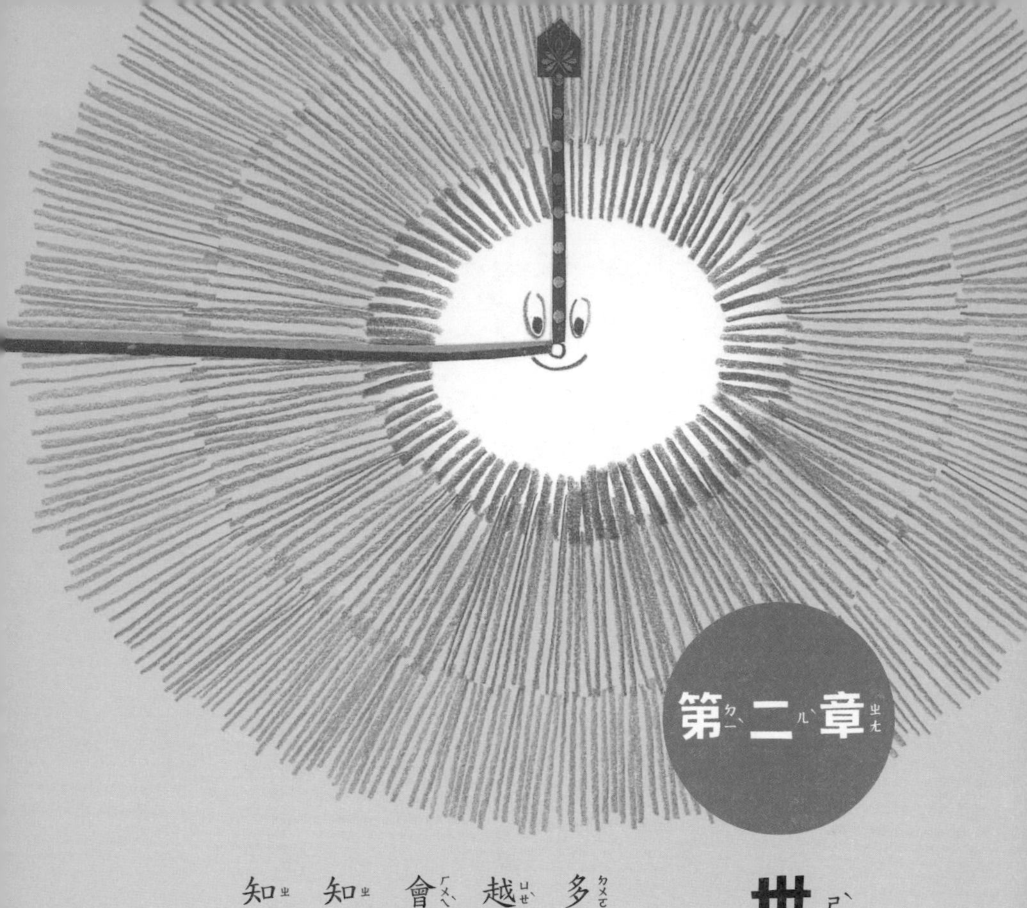

第二章

世界上有哪些職業？

在以前的年代，職業的種類沒有很多。不過，當人口越來越多，社會越來越複雜，職業的種類也變多了。未來還會繼續出現更多不同的職業，如果想要知道未來能夠做什麼事情的話，就要先知道目前世界上有哪些職業吧？

想像未來的自己

今天在課堂上，老師請大家發表長大之後想做什麼？班上最先發表的是小華。他走到講台前，有點緊張的看著大家，深吸口氣，說道：「我想要成為律師，因為律師可以保護好人，懲罰壞人。」

老師提醒他說：「犯罪的人也會找律師辯護，

或許小華可以考慮成為檢察官或法官！」

接著，阿廣走到大家面前發表：「我想要成為老師，跟小朋友在一起好像很有趣。」

「但是老師也常常因為你們而傷腦筋啊！」

老師邊笑邊說，大家聽了，也跟著哄堂大笑。

這時候，輪到小浩上台了，小浩走到最前面，大聲地說：「我將來要當上班族。」

配送員
X1000

老師笑著問：「小浩很有活力啊！那麼，你想去哪裡上班？在公司裡面想要做什麼呢？」

小浩沒辦法回答，因為他不知道叔叔在哪裡上班？當然也不知道叔叔在公司負責做什麼事？他忘記發表之前要先問叔叔了。

同學們都發言結束後，老師開口說：「除了剛才大家分享的這些職業，社會上還有很多的工作選擇，小麗，妳覺得世界上的工作有多少種呢？」

小麗有點猶豫地說：「五百……不，一千種？」

老師搖搖頭並且張開雙手：「嗯！還要更多。」

這時候，小浩看到老師張開的手中，十根手指頭張得特別開，好像在提示什麼？小浩在腦中開始計算：「是一千乘以十嗎？」

小浩站了起來，大聲的回答：「老師，我知

道！一共有一萬種。」

老師用誇張的表情說：「好厲害，算是答對了！但真正的數量是超過一萬呢！」說完還不忘補充一句：「雖然小浩還不知道自己將來想做什麼，但沒關係，從現在開始想就可以了，在這麼多職業裡面，一定會找到你喜歡的工作。」

哪些是歷史悠久的職業？

美國有超過三萬種職業，那是因為美國的人口眾多，而且混合了不同的人種和民族。社會組成越複雜，職業的種類就會越多。

世界上最早的職業是「農業」，而「漁業」、「畜牧業」也跟農業一樣歷史久遠。這些職業是為了生產糧食，人類不吃東西的話是無法生存的。所以，這些相關的工作在未來都不可能消失。

政治家和教宗也是很久之前就有的職

業。從前，一個人可能同時擔任政治和宗教的工作，除了統治人民，也負責祭拜神明。另外，古代祭祀的工作也跟醫療有關係，像是「巫醫」。

教職人員、演員和商人，也都是歷經好幾千年以上的職業。以前的教師被稱為「孩童的領路人」，因為教育所做的事情，是指引小孩走上正確的道路。「教育學」早在十七世紀就成為一門獨立的學問，從那個時候開始，教職人員被認為是幫助孩童主動發掘自身才能的職業。

古希臘人在祭拜的時候，會有合唱團在旁邊唱歌，同時也會跳舞和表演，因此合唱團的成員，也就是最早期的歌手和演員。

商人的出現，則是早在兩千五百年前，小亞細亞呂底亞王國第一次鑄造了銅幣，商業開始蓬勃發展。商人們透過貿易，把世界串連起來，國家之間建立了往來的通道，文化產物也隨之流傳出去。

職業會消失或轉變嗎？

時代在改變，工作職業也在改變，而且變化的速度越來越快。隨著人們有新的需要，就會有新的職業出現，另一方面，不被需要的職業就會消失。

近代影響職業最大的就是「工業革命」。工業革命發生之後的兩百年，有大量的傳統製造業消失，同時又出現更多新的製造業。新的職業多半跟機器相關，需要技師、維修員等。只用雙手生產的手工製造業因為速度比不上機器，就慢慢的減少或消失。

跟「運輸」相關的職業也產生巨大變化。像是有了汽車、飛機和船等載人和貨物的交通工具之後，需要駕駛員、船員和飛行員，過去的轎夫、腳夫、馬夫、船夫等職業就消失了。

錄影機

觀察其他行業，也因為科技、電腦技術的不斷進步產生很多變化，爸爸媽媽小時候有專門出租錄影帶的店家，但光碟被製造出來之後，錄影帶不再受歡迎，出租錄影帶的店家就消失不見、製造錄影帶和播放器的工廠也紛紛關門。

等到網路興起，透過網路就可以看到精彩的節目時，光碟也步上錄影帶的命運，產量越來越少，製造光碟的技術人員也面對工作消失的危機。

也有些工作消失之後，會因為其他的需要而重新被重視，像是大家習慣使用網路銀行之後，銀行內的櫃台人員越來越少。但隨著高齡社會的到來，老人越來越多，年長者視力衰退、不熟悉電腦操作，很多銀行又另外設立樂齡櫃台，為年長者提供服務。

認識不同類型的工作

擁有職業並且工作的人都是「勞動者」，分類的方式有許多種。首先，可以分成有生產工具的勞動者和沒有生產工具的勞動者。生產工具是指土地、建築、機器、卡車等製造商品時，可以使用的東西。

用自己的錢購買生產工具來工作的人，稱為

「自營勞動者」，相反的，讓擁有生產工具的人雇用而工作的人，稱之為「雇用勞動者」。舉例來說，開餐廳的人就是自營勞動者，而在那間餐廳領薪水的廚師、服務生或外送的人，就是雇用勞動者。

有人每天都要去公司上班，也有人是在家上班。在家上班的人統稱為「居家辦公者」，他們會自己規劃工作時間，因為比在公司上班自由，所以也被稱為「自由工作者」。

在作家、畫家和設計師當

中，有許多人都是自由工作者。隨著網路發展，一些企業也慢慢出現居家「遠距」上班的人。

也可以根據體力或腦力的使用比例來區分，例如：在工廠或建築現場工作的人稱為「體力勞動者」，與「體力勞動者」相反的是，主要在辦公室工作的「腦力勞動者」。

或是根據學習訓練時間長短來區分的職業，像

打破藍領、白領的刻板印象

早期會將勞動者分為藍領階級和白領階級，主要是因為當時不同型態的工作穿著。工廠的工人穿藍色的衣服、辦公室上班的人穿白色襯衫，慢慢變成「用體力」和「用腦力」的職業區別，也有收入高低的分別。但現代社會有擅長科技的農夫、受過專業教育的工廠技師，也有到田野研究調查的學者專家，過去的分類方式已經不適用。

醫生、機師這類工作因為關係到人命的安全，責任非常重大，通常要花比較長的時間學習專業知識，也必須通過嚴格的考核，才能擔任這類的工作。

相較之下，有些職業需要的訓練時間較短，像是店員、業務員、保險人員等，只要接受基礎訓練就可以開始工作，再從實際工作中慢慢累積更多的知識和經驗。

未來世界的新工作？

現今的世界，地球污染的嚴重程度已經影響到全人類的健康，甚至危及性命，包括汽車排放的廢氣、工廠流出的廢水、無法分解的塑膠垃圾等公害，都對環境造成很大的破壞。

為了減少汽車排放廢氣，就必須減少使用石油和煤炭等化石燃料，同時盡力開發沒有公害的能源，像是利用太陽能、風力、水力和地熱等取得能源，這些能源被稱為「再生能源」。與再生能源產業相關的研究人員、設計師和技師等，這些保護地球的工作，都會是未來重要的職業。

隨著現代人的生活越來越複雜，苦惱也自然增加。為了幫助人們解決難以說出口的煩惱，心理諮商

師或舒壓放鬆相關的職業也越來越多。

另外，高齡社會的到來，也需要大量協助照顧年長者的職業，其中扮演重要角色的是社工，他們的工作是保護和照顧健康及經濟有困難的人，包括失去雙親的孩子、行動不便的身心障礙者和年長者。

未來，還會需要更多不同類型的照料職業，這些人都扮演非常重要的角色。

守護年長者的孝親代理

在韓國作家朴元淳所寫的《改變世界的一千種職業》這本書中，介紹了未來可能出現的職業，像是孝親代理、好習慣收集者、壓力解決師等，這些職業光聽名字就覺得相當有意思。

其中的「孝親代理」就是因應現代人的忙碌生

活而產生的。如果兒女和年長的父母住家距離遙遠，平常只能用電話連絡，等到逢年過節時，才能安排時間探親碰面。當兒女想要表達孝心，卻因為上班、上

學無法兼顧時，就會想著：「要是有人可以幫忙噓寒問暖、陪伴長輩去看病或是運動，該有多好啊！」

前面曾說過，有需要就會有新的職業產生。老年人口比例很高的日本，近年真的出現「孝親代理」這樣的新職業，擔任代客孝親的專業陪伴工作者，會代替忙碌的人們，每天打電話給長輩問安，詢問身體有沒有哪裡不舒服或是需要幫忙處理哪些事情？甚至每隔一段時間還會安排到府拜訪。

雖然盡孝道是子女應該做的事情，無法由別人代替，但是有幫手可以分擔的話，對年長者是保障，也可以讓子女更安心地做好自己的工作。人們彼此幫助，就可以一起打造出共同幸福的社會。

第三章

職業有好壞之分嗎？

許多小朋友都認為每天最辛苦的事就是讀書。為什麼一定要做這麼累人的事情呢？只是跟朋友玩不行嗎？為什麼大人們總是說：「現在好好的讀書，未來才能找到好工作。」

難道不會讀書就無法獲得好工作嗎？工作真的有好壞的分別嗎？

成績好，才能找到好工作？

小浩有很多優點，他的個性活潑，也很會講笑話，不論在哪裡都會讓周圍的人很開心。小浩的力氣不小，上體育課時也相當受同學們歡迎。上回，他參加男生的摔角比賽時，在所有人還來不及反應的時候，就把對手摔倒在沙地上。那時候，旁邊圍觀的女同學們都拍手叫好。

不過，小浩也有不太開心的事，那就是不管他多麼努力唸書，成績就是不好。

小浩最近在苦惱未來要做什麼？雖然他的運動成績很好，但是他一點也不想成為運動選手。

「我沒有信心可以持續的每天跑步或跳來跳去啊！」他心想。

同學建議小浩，如果他當一個諧星應該會很受歡迎。可是，小浩並不想當諧星。

「我覺得我沒辦法天天逗別人

笑啊！」他心想。

因為小浩最近常常在煩惱這個問題，心情受影響，人也就變得沒有活力。於是，他鼓起勇氣問爸爸媽媽：

「如果成績不好的話，長大之後是不是很難找到工作？」

「是啊！如果沒有好的成績，就沒辦法找到好的工作。」媽媽這樣回答，一旁的爸爸也跟著說道：「不論是哪種職業，如果不好好學習的話，就沒有辦法通過徵選被公司錄取雇用啊……」

如果是其他的小孩，聽到這裡一定很沮喪，可是，小浩的心情很好，反而還笑了出來。

原來，小浩擔心自己以後會沒有工作。可是，仔細想一下爸爸媽媽的話，聽起來雖然是沒辦法找到很好的工作，但是，不論如何都會有工作啊！

幾天之後，小浩跟阿姨聊天時，說起這件事。

阿姨說：「爸爸媽媽是因為擔心你偷懶、不肯學習才會那樣說的。學習是未來工作的基礎，只要找到你喜歡的事情，好好的學習就可以了！世界上所有的工作，沒有好壞的分別，都是這個社會需要的，對於需要的人來說，每個工作都非常珍貴重要。所以從事任何工作時，都要對自己感到驕傲。」

小浩聽了，點了點頭。

找工作，學歷不是唯一的條件

很多大人希望小孩好好學習，認為只有這樣才能夠進入好的大學。畢業之後，才能夠找到好的工作。但是，不管再怎麼努力學習，並不是所有人都能夠考第一名。那麼，那些成績不太好的人，要怎麼辦呢？這些人一定會因為成績不好而倍感壓力，甚至垂頭喪氣。其實，在這個世界上，有許多職業都跟成績好不好沒有直接的關係。

比方說，寫作這個職業，像是小說家、詩人，跟學歷或名校都沒有什麼關係。雖然讀相關的科系會加分，但是，有寫作才華的人只要累積足夠的實力，想寫多少作品就可以寫多少。

雕刻、畫畫和建築等藝術領域也是如此。在瑞

士出生，卻在法國工作的建築師勒・柯比意。他從美術學校畢業後，沒有進入大學繼續就讀。他花了四年的時間到處旅行，獨自學習建築。日本的建築師安藤忠雄也只有高中學歷，可是他努力打工賺錢去歐洲旅行。他親自看

用證照代替畢業證書

有些工作不一定需要學校的畢業證書，但是一定要有合格證照。只要通過特定考試就能夠從事的工作有很多，像是廚師、裁縫師等。

過許多國家的建築，最終成為世界聞名的建築師。

其他像是時尚設計師、電腦工程師和廚師等許多職業，也可以自學或是利用學校之外的資源學習，都可能成為這些領域的專家。

熱門職業排行榜

現在受歡迎的職業在未來也有可能不受歡迎；在我們國家很熱門的職業，在其他國家可能一點也不

搶手。時代不同，地區不同，受歡迎的職業也會有所不同。醫生和護士就是很好的例子。

在南丁格爾生活的十九世紀，負責照顧病患的醫生和護士，工作辛苦，也不受人尊重。現代的醫生不一樣，工作還是很辛苦，但收入較高、擁有很高的社會地位。

再舉一個例子，對小朋友來

說，現在最受歡迎的職業當中，一定有藝人吧？但在以前，藝人這個職業也很受歡迎嗎？

過去在爺爺

奶奶的時代，人們把藝人稱為「戲子」，這是有貶低意思的稱呼。現在因為電視、電影，還有網路等傳播媒體發達的關係，藝人變得受歡迎，也有影響力。

至於未來如何呢？沒有人會知道，每年的熱門職業排行榜都不一樣！因為隨著時代的改變，受歡迎的工作也一直在改變。

沒有分數的國家——芬蘭

過去的人常說「職業不分貴賤。」這句話的意思是，職業沒有高低好壞的分別。但許多時候，人們還是習慣幫職業排順位，分成最好的職業、較次之的職業、普通職業以及不太好的職業。也會根據收入的高低來排名職業，分成賺很多錢的工作或是只能賺很少錢的工作。

不過，也有些國家認為不論是哪種工作，扮演的功能都同樣重要。在社會生活的人們，職業是平等的，不會有高低好壞、重不重要的分別，也不會有收入特別高或特別少的工作。

芬蘭這個國家，不只職業如此，所有的領域也都沒有排名的習慣，因為有第一名就會有最後一名。

芬蘭的學校當然也有考試，不過，他們沒有打分數，也不會有成績單。考試結束之後，老師會針對學生的學習狀況進行個別指導。如果發現有需要加強的地方，芬蘭的老師會用鼓勵的方式說：「這次的考試，你的數學能力有點下降。建議之後要多花點心思在數學的運算練習。」

在芬蘭，也沒有區分好或不好的大學。有人念

完大學專業科目，畢業後成為法官。也有人選擇念技術學校，畢業後成為工程建設的勞動者，但工作所得差不多。這樣一來，人們選擇職業時，就會依據自己的興趣和專長，而不是在意父母或其他人的眼光。

目前亞洲多數的國家還是非常重視成績，如果能夠參考芬蘭的學校，不用分數評斷學生的表現，小朋友在選擇未來職業時，可能也會少一些苦惱了。

善待跨國工作的移工

隨著社會越來越國際化，來臺灣工作的外國人也越來越多，包括技術人員、教師、表演者、勞動者等。其中的勞動者多數來自東南亞國家，因為從事的工作比較辛苦、危險，收入也比較少，過去大家習慣稱呼他們為「外籍勞工」（簡稱「外勞」）。

但是二〇一九年起，臺灣已經正式將外籍人士居留證件用「移工」來說明，避免使用「外勞」的稱呼。因為刻板印象容易造成不公平的對待，希望大家能給予這些跨國工作的勞動者更多尊重。

為什麼我們需要從國外引入勞動者呢？當國家的經濟發展到一個階段之後，人們會希望從事非勞動的工作或是收入比較高的工作，這時需要大量勞動力的公司就會選擇雇用外來的移工。

另外，人口快速老化的國家也需要很多外國的勞動者，除了補足需要勞動的職務之外，

看護和照顧年長者的工作，也需要這些移工的協助。他們跟我們一樣，都是支撐社會運作的一份子。

根據政府公布的統計資料，來臺灣工作的外國移工在二〇二二年時，已經超過七十二萬人。他們都是為了生計才離開家鄉到外地工作，在異國沒有親人的陪伴和保護，更需要公平的待遇和溫暖的互動。

自學成功的日本植物學之父

許多研究動植物和昆蟲的學者，都是從主動自學開始，因為從小就熱衷於觀察植物和昆蟲，長大之後，自然而然把這件事情作為職業，興趣變成了工作。

「日本植物學之父」牧野富太郎就是通過自學成為植物學者，他持續觀察植物的同時，還會購買國外的植物學書籍來累積專業知識。

牧野富太郎會把收集到的植物標本用舊報紙包起來，歷經五十多年，他用雙腳走訪各地收集的植物多達數十萬種。在他過世之後，幫忙整理的研究人員意外地發現，除了珍貴的標本，就連舊報紙也是非常難得的重要資料。

牧野富太郎收集的報紙超過五千張，其中新聞類就多達五百種。而且大多數都是現在已經買不到的報紙，包括日據時代韓國出刊的《京城日報》，那是當年朝鮮總督府發行的報紙。

他不只是在植物學方面有耀眼的貢獻，在不知不覺中，也為世人留下了珍貴的歷史資料。

關心
選擇
苦惱
熱衷

第四章

工作的態度很重要

如果希望未來過得幸福且快樂，除了選擇做什麼工作之外，工作態度也是關鍵。在工作時，是感到開心？還是覺得單調乏味？我們用什麼樣的態度面對自己的工作，決定是否能夠幸福快樂。

在家工作也可以嗎？

校慶之後，學校放假一天，小浩決定去找阿姨玩。這是阿姨搬家之後，小浩第一次去阿姨家拜訪。

「快進來！」阿姨熱情

的歡迎小浩。

阿姨家位於商務公寓裡，她把新家的空間設計規劃成兩區，一邊用來辦公，另外一邊則用來居住。阿姨的職業是電腦網頁設計師，不久之前才辭掉公司的工作，改成「在家上班」。

阿姨請小浩在沙發休息，還為他倒了一杯果汁。

「抱歉！我最近接到一件案子，有點急，要先處理一下，等我忙完再來陪你玩。」阿姨話才說完，就馬上回到辦公桌前。看她盯著螢幕、敲打著鍵盤。小浩忍不住發問：「阿姨，你為什麼在家工作？如果去公司上班，不是可以賺更多錢嗎？」

阿姨笑著說：「那可不一定啊！而且我不需要賺很多的錢，我喜歡像這樣在家工作。」阿姨回頭繼續加快了打字的速度。

小浩還想發問，但是他忍住了，怕打擾阿姨工作。他輕聲地站起來，看著貼在牆壁上的紙張，每張紙上都寫著芝麻般大小的字。

小浩轉頭看了看阿姨，覺得她就像陷入在電腦畫面內，正全心全意在工作，阿姨彷佛已經忘了小浩也在這裡。

小浩認為眼前的阿姨看起來比其他任何時候都要

帥氣，不過，他還是擔心她一個人在家會不會寂寞。等了半天，阿姨總算完成工作，同時也關掉了電腦。

小浩忍不住好奇的問：「一個人工作一整天不會覺得無聊嗎？去公司上班好像比較快樂。」

阿姨哈哈笑了起來：「很難說在哪裡上班比較快樂，不管是在公司或是在家裡，都跟自己的工作心

300
×
24P
V
potato

態有關。無論是在哪裡工作，只要我們用心投入的話，就可以過得很快樂。即使工作很辛苦，或是偶爾感到孤單，也會努力克服。」

小浩還想繼續提問，阿姨拉起他的手說：

「現在是阿姨的休息時間，我們去外面走走。一起吃午餐吧！你想吃什麼？我請客！」

把興趣變成工作

史提夫．馬丁從小就特別喜歡汽車，他每天都會畫汽車，把所有的汽車模型通通擺在地上，他還在自己房間的牆壁上，貼著他買回來的汽車照片。

長大之後，他進入汽車公司上班，努力工作，並成為了一位汽車設計師。他每天都比其他人更早去

上班，也比其他人晚下班。對他來說，上班是一件非常愉快的事情。後來，他在公司晉升到很高的職位，但對工作的熱情始終沒有改變。

米哈里．契克森米哈伊是研究人類心理的心理學者，經過調查和觀察世界各國無數的「職人」之後，他寫了《心流》這本書。他在書中提出，人如果抱著「心流」投入工作的話，就可以體驗到幸福。

這位心理學者認為，當你投入你的工作時，會忘記其他的事情。只要全心全意地工作，並愛惜自己的職業，當工作完成時，就會覺得心情飛揚，感到快樂與幸福。

這種幸福感，是自己的身體和心理向全世界展開時才能體會到的。在那個瞬間，對於自己的能力會產生強烈的自信心和自豪感。因此，可以輕鬆地消除工作期間累積的疲勞，很快的恢復活力。

想一想，大家在做什麼事情的時候會產生這樣的幸福感呢？喜歡運動的同學，會忘我的投入練習；喜歡唱歌跳舞的同學，聽到音樂就會忍不住全身搖擺動起來。

這些讓自己全心投入的事情，如果將來能變成工作的話，是不是也會對工作抱著同樣的熱情呢？

可以自由支配時間的工作

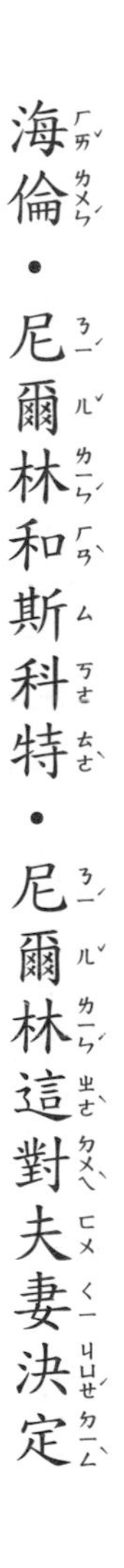

海倫・尼爾林和斯科特・尼爾林這對夫妻決定搬到鄉下，他們為了生計，每天只工作四個小時。再花四個小時的時間用來閱讀或演奏樂器，剩餘的四個小時則用來跟鄰居及朋友們相處，度過快樂的時光。他們吃自己種植的作物讓身體保持健康，而且這份工作也不會有很大的壓力。保持生活和工作的平衡，他們就這樣過著樸素、單純的幸福人生。

很多人也想向這對夫妻學習，希望少花一點時間在工作，寧可少賺一點錢。因為工作太忙，就沒有時間跟家人、朋友互動相處，也沒有時間可以運動或旅行，當然也很難去做公益活動。

可是，賺得少的話，消費也要跟著減少才行。

像是減少買高單價的衣服或鞋子，盡量不去昂貴的餐廳吃飯，交通方式也盡可能選擇走路，或是搭乘大眾運輸工具。只要減少物質欲望，大幅降低生活消費，就不需要太多的錢，可以過著單純的幸福人生。在選擇職業時，也可以更加自由。

一個人即使擁有許多金錢，但是沒有時間生活的話，也很難獲得幸福。所以，才會有越來越多人選擇減少工作時間，享受悠閒從容的人生。

如果想減少工作，在公司上班應該很難吧？因此，人們會選擇可以自由支配時間的自由業。

越來越多工作可以選擇「在家上班」，像是翻譯、設計、網購店家等，時間可自由支配，也能減少交通時間和費用。但是「時間自由≠不用管理時間」，沒有固定工作時間的人，更需要做好時間管理。

工作可以經常更換嗎？

有些人一輩子只做一份工作，如果活到八十歲，就差不多要工作六十年。這些人大多數是專業人士，他們長久磨練某項技術或能力，之後成為那個領域的專家，像是：指揮家、音樂家、建築師、畫家、小說家、導演、攝影師等都是如此。

也有人一輩子都投入手工製造工藝品或生活用品，這些人被稱為「匠人」。現在幾乎所有物品都可由機器製作，但匠人們堅持用自己的雙手製作物品。有時候，甚至要花好幾個月的時間才

效法職人的「匠心」

「匠心」是指堅持不懈，投入所有心力在某個領域的工作態度，也代表在某個領域，努力到達最高境界的精神。不管是做什麼工作，只要用匠心的精神面對它，相信遇到任何困難都能夠遊刃有餘的解決！

能夠完成一個物品。他們對於自己的職業有著獨特的自豪感，才能夠持續投入工作。

當然也有人換了好幾次工作，韓國的安哲秀就是個例子。他從醫校畢業之後，先成為了醫生。接著，他在操作電腦時開發了解毒程式。不久之後，他放棄了醫生這個職業，成立解毒軟體程式的公司。等公司穩定之後，他又去國外學習工程學和經濟學。學成歸國的他，成為了一名教授。算起來他在二十年當中，做過醫生、解毒程式開發人員、企業家、教授等工作。

一輩子獻身一種工作的人，或是換過好幾種工作的人，很難說哪一種的人生更好。每個人都是因為不同的原因，才會做出不同的選擇。

懷抱使命感和奉獻的心

「使命感」是自己對自己負責，並且認為一定要做到的心態。擁有職業的人一定要有使命感，沒有使命感，只是隨便做做的話，會給其他人帶來不便。擁有使命感的人，在工作時，會希望世界上所有人都過得幸福。

有些人為了讓世界更加美好，會選擇可以直接奉獻的工作。像是在聯合國救難組織、環保協會等單位服務。雖然在非營利組織（NPO）工作的薪水較少，但能夠為社會盡更多心力。

也有些人會通過自己的專業能力做公益，例如：有的理髮師會去養老院，免費幫老人們理髮；有的醫生會去缺乏醫療資源的窮鄉僻壤，免費幫人們看病；有的律師會幫遭受訴訟的弱勢者免費辯護。

除此之外，有些人努力工作之後，會用賺來的錢做公益，像是持續捐款給窮苦國家的孩童，或是社會上需要幫忙的地方。方法雖然不同，但是通過工作可以讓這個世界更加美好。

用音樂療癒人心的神父

韓國有位李泰錫神父，這位神父並非一開始就是從事神職的工作。他在醫校畢業之後，為了尋找人生的方向，去念了神學大學。歷經十年，他完成了神職人員的課程後，最終成為了神父。之後，他就去了非洲蘇丹，到了通治這個地方。

通治從很久以前就是一個生活艱苦的地方，在那裏沒有醫院，也很難買到藥品，許多居民因為生病而過世。

李泰錫神父和當地的居民一起搬運石頭，建立醫院。為了不讓居民喝到有病菌的水，帶頭開挖水井；為了居民可以吃到三餐，教導他們在農地種植穀物。他也為了讓孩童可以唸書，成立了學校。

李泰錫神父非常喜歡音樂，為了撫慰因戰爭而心靈受創的居民，經常親自演奏。他發現音樂對於療癒心靈有顯著的效果，於是聚集了有音樂才能的學生創辦了樂團。

可惜李泰錫神父全心投入做這些事情時，忽略了自己的健康，生了一場大病，不久之後，就離開了這個世界。通治的居民至今依然記得為他們服務奉獻的李泰錫神父。

在臺灣南投縣的信義鄉東埔國小，也有一位馬彼得校長，用音樂改變了原住民孩子的人生！為了提升學生的自信心，原本五音不全的他，組成了「臺灣原聲童聲合唱團」。

雖然剛開始被大家嘲笑，但他沒有放棄，帶著小朋友一起努力練習，最後比賽贏得了大獎肯定，也得到很多人的支持出國到各地表演。他的故事後來也被改編成電影《聽見歌 再唱》，鼓舞更多人投入原鄉教育。

THE
CAFÉ
EPICES
POIVRE
SUCRE

第五章

要怎麼選擇職業呢？

每個人選擇職業的標準都不同，有人會找自己喜歡的工作，有人會考慮收入多少，或是有沒有前途等。大家決定未來要做什麼工作了嗎？是不是還有許多小朋友無法做出決定呢？讓我們來看看選擇職業的幾個基準吧？

喜歡的工作？賺錢的工作？

小浩的班上舉辦了辯論大會，雙方人馬展開了激烈的辯論，小浩和慶瑄是同一隊，對手是大炳和小智。

老師在黑板寫下今天要辯論的主題：「做自己喜歡的工作？還是可以賺很多錢的工作？」

慶瑄先開口說：「我認為應該做可以賺很多錢

的工作，因為，如果賺得很少，生活就會很辛苦，心裡就會感到不舒服。」

小浩有點不開心的看了慶瑄一眼，因為她的想法和自己不同。可是小浩得站在慶瑄這一邊，他們是同一個隊伍，立場要一致才行。

「我的想法跟慶瑄一樣，因為只要賺到很多錢，就可以用來幫助其他生活困難的人。」

對方的大炳提出了反對意見：「我覺得應該要做自己喜歡的事情。能做自己喜歡做的事，比賺很多錢更加重要。只要我們努力地做喜歡的

事情，自然就會賺到很多錢。」

坐在旁邊的小智也說：「只有做自己喜歡的事情，才可以長長久久的繼續做下去。」

這時，小浩不知不覺地跟著點頭說：「我覺得小智說得沒有錯，做自己喜歡的事很重要……」

慶瑄趕緊戳了一下小浩的手臂，輕聲說：「你現在是在做什麼？竟然贊同對方，要怎麼辦論？」

小浩這才發覺自己說錯話了。可是，台下的同學都睜大眼睛看著他，他只好努力動腦筋，重新打起精神，大聲地說：「我建議上午做賺很多錢的工作，下午做自己喜歡的工作。」

這話一出，全班同學突然安靜了下來。過了兩秒鐘，大家同時放聲大笑，並且拍手鼓掌。

看來，小浩誤打誤撞，說出了大家的心聲呢！

真心喜歡自己選擇的工作

每個人選擇職業的標準都不同。有些人會根據賺錢的多寡來選擇，也有人會選擇可以受到別人尊敬，或是享有許多權利的職業。不管是哪一種，真正重要的是，要真心喜歡你選擇的工作。

萬一你找到一個自己不太喜歡的工作，日子就會變得很無趣，如果對自己的工作不感興趣的話，也不會產生熱情。就像有人在背後推著自己，才不得不工作。這樣一來，即使賺到很多錢，也獲得很高的名譽，還是過得不幸福。

從事自己喜歡的工作，雖然有時候會覺得很累、很辛苦，但是不會失去活力，生活可以過得很有樂趣。而且，持續累積經驗之後，慢慢就會越來越有自信。

不只如此，當自己的能力越來越好，就會被越來越多人認可，這時候就會獲得更多工作上的成就感和幸福感。很多人可以長久地投入某一個特定職業，是因為他在做自己最喜歡的事情。

財產、名譽和權力的欲望無底洞

為什麼社會的競爭如此激烈？是因為人們普遍認為人生當中，有三個東西非常重要：財產（Property）、名譽（Prestige）、權利（Power），對於這三個「P」，人們不管擁有多少，都很難感到滿足，只會持續地擴大欲望，想要越多越好。但真正有了這些就可以得到快樂和幸福嗎？

用善良的方法工作賺錢

有些行業可以賺到很多錢，比起領薪水的勞工，經營企業的企業家們賺的更多。有些企業家控制不了賺錢的欲望，用盡各種手段和方法，一心只想賺錢。於是，他們把過期的商品混在新的商品裡販賣，賺取會危害他人健康或利益的金錢。用這種方式賺錢的人，只想到自己的人生。他們不會對社會做出貢獻，當然也不會受人尊重。

也有通過正當方式賺錢的企業家，不僅會照顧自己，也不吝於照顧其他的人。他們會通過捐款幫助生活困難和弱勢的人。在這個世界上，有很多企業家都是樂善好施，以助人為樂。

身為投資專家，同時也是美國最有錢的富豪，華倫・巴菲特就把自己的全部財產用在社會。

華倫・巴菲特創辦了一個「捐贈合約」的團體，加入這個團體的億萬富翁們，必須簽署要把自己過半的財產捐贈

出來的公開合約。他們認為自己賺的錢原本就是這個社會的財產，所以應該再次還給社會。

要工作，也要休閒

「退休年齡」指的是可以從事工作的最大年齡，每個職業的退休年齡不同。一般來說，運動領域的退休年齡比較早，因為年齡增長之後，體力下滑，不得不退休。例如，超過三十歲的體操選手或花式滑冰選手就不多。

35 35 35 35 35 35
60. 60. 60. 60. 60. 60. 60. 60. 60.
77 77 77 77 77 77 77 77 77 77 100 100 100 100 100 100 100 100 100

大多數的人都希望可以擁有一份即使年齡增長，依然可以從事的職業，以確保自己的生活不受影響。同時，也能夠擁有優渥的老年生活。公務員、老師等職業，或許薪水沒有其他職業多，但因為比較有保障，俗稱「鐵飯碗」，是很多人會選擇的工作。

最近，越來越多人主張有休閒時間的工作很重要。人們開始認為努力工作固然很好，但是，跟家

讓生活更豐富的「斜槓人生」

有許多人會利用休息閒暇的時間，兼差做副業。「副業」是指利用本業以外的時間做的工作。這群人擁有兩份或兩份以上的職業，所以被稱為「斜槓」。

斜槓的理由很多，有人是把自己的興趣作為副業，也有人是因為一份工作的薪水不夠生活，想要多賺錢才去兼職副業。

人、朋友們一起度過的時間也很重要。

在休閒時間，可以盡情地聽喜歡的音樂或閱讀。這樣一來，還可以抒解在職場上累積的壓力。也有人會在工作之餘，去學習新的語言，或是增進專業技術。很少有人會喜歡從白天忙到晚上，甚至連週末也要上班，完全沒有個人時間的工作。

學習如何分工合作

幾乎大部份的職業都是群體工作，像作家、畫家、藝術家等，獨自一個人工作的職業並不多。

職場上最大的壓力來自於人，如果被上司責備或跟同事意見衝突時，內心都會受創。

一天二十四個小時，扣除睡覺時間，跟同事們相處的時間最長了。因此，只有跟職場上的同事維持良好關係，才有可能每天過得很幸福吧？當所有人互相幫助、和睦工作時，我們會說這樣的職場工作氣氛十分良好。同事們像家人般相處，良性競爭，也不會給彼此施加壓力。在這樣的環境上班，大家可以互相協助，維持一個和平的氣氛。

在學校時，跟朋友們好好相處，主動去做班級

內的事情，跟其他同學們一起解決問題，充分學習如果跟他人維持友好關係和互助的方法，都是在為將來獲得工作，以及在職場做好準備和練習。

工作需要競爭，也需要合作，培養人際溝通的能力，學習如何分工合作，才能在團隊中發揮實力，成為一個被人需要、受人歡迎的工作夥伴。

勇敢挑戰遠方，找到新方向！

有些人在很年輕的時候就找到適合自己的事情，這麼一來，就可以把那件事情作為職業，過著幸福的人生。不過，也有人一直找不到適合自己的事情，經過不斷的嘗試摸索，最後才找到方向。

韓國有位外號「風的女兒」的韓飛野就是這樣

的人。大學畢業後，她進入國際廣告公司上班，可是，她一直沒有很喜歡這份工作。有一天，她突然想起自己小時候的夢想，想去偏遠地區旅行。但是要把這件事情當成職業真的很難，因為，不僅完全沒有收入，還要忍受一個人的寂寞。

為了實現夢想，即使韓飛野不知道接下來工作發展會如何，仍然提出辭職，開始出發去旅行。走遍世界各地，期間也曾遭遇到危險和困難。但她在旅行途中認識了很多人，學習領悟到很多事情。就這樣，她把自己繞地球三圈半的每一天記錄下來。

她覺得只有自己閱讀這些文字很可惜，所以把它們紀錄整理成書籍，成為了旅行作家，這些書為讀者帶來許多感動。她勇敢選擇離開不適合自己的職業，挑戰新的事情，再從中找出全新的職業。

設定目標之後，努力向前並到達目標，是人生追求成長的方法之一。如果原本設定的目標到達不了，或是努力到一半，發現有其他想要追求的事情怎麼辦呢？只要努力的精神不變，換一個方向前進，還是會到達另一個地方，收穫不同的成果。

萬一找不到目標呢？你可以透過閱讀、傾聽，或是主動找師長請教，也可以像韓飛野一樣透過旅行尋找。旅行不一定要到國外，平常多多觀察身邊的人事物，仔細留意各行各業的工作內容，說不定答案就在其中。

第六章

未來的我，想做什麼？

在這個世界上，所有事情都需要提前準備，未來也是如此。太過倉促可能會做出錯誤的判斷。這樣一來，又要重新再選擇。慢慢前進的話，大家總有一天會找到適合自己的職業。那麼，要怎麼做好事前準備呢？

KING GO
冒險

慢慢想，沒關係！

星期天的下午，小浩和爸爸去附近的公園玩耍。他們坐在樹蔭下的椅子，吹著迎面而來的風，感覺相當涼爽。

爸爸轉頭問小浩：「你還在為將來要選擇哪個職業苦惱嗎？」

小浩沒有說話，只是點了點頭。爸爸轉過身，望著遠方說道：「爸爸小時候也跟你一樣，我也不知道自己喜歡做什麼？也沒有特別厲害的才能。」

「爸爸現在不是正在做自己喜歡的工作嗎？」

爸爸微笑地回答：「一開始，我也不太喜歡這個工作，因此非常辛苦。可是努力做下去之後，慢慢地，就喜歡上這份工作了。」

小浩摸了摸後腦勺說：「我雖然有擅長的事情，但是並不想把它變成工作。」

爸爸摟著小浩的肩膀，說道：

「你還有足夠的時間，不是嗎？你可以看書，或是去看看其他人在做些什麼？到時候再來做決定就可以。」

小浩聽完爸

爸的話，表情馬上變得開朗，笑著問道：「不論我選擇哪種職業，爸爸媽媽都不會反對吧？」

爸爸看著小浩，點點頭說：「當然，只要是你喜歡的事情，而且認真去做，我們有反對的理由嗎？不過我有一個條件。」

「那是什麼？」

「你有什麼想知道，或是需要幫忙的地方，不論何時都要跟爸爸媽媽說。」

小浩模仿剛剛爸爸說話的方式，大聲地回答：

「當然了！爸爸媽媽都要幫忙了，我還有不答應的理由嗎？」

說完，小浩和爸爸兩人相視，然後哈哈地大笑起來。

史蒂芬・史匹柏從小就夢想成為電影導演，從早到晚都在思考怎麼拍電影。他甚至沒有時間好好完成學校課業，就連簡單的數學公式都不會，上學考試經常都不及格。

史匹柏喜歡拿著爸爸的電影攝影機到處走，他會拍路上奔跑的汽車，也會拍滿天星星的夜空。在他青少年的時期，從來沒有想過要做電影導演以外的工作。就這樣，他最後實現了夢想。

不過，多數人的兒時夢想，在成長的過程中會改變。因為小時候的我們，對於世界的了解很有限，所以不知道這個世界有哪些職業？也不知道每個職業具體做什麼事情。大家頂多知道自己的父母，還有週遭大人們的工作，因此，許多小朋友的未來夢想都很類似。

不過，慢慢長大，想法也會隨著變寬廣，開始知道更多的職業，也會開始關心之前沒有注意到的職業。經歷這些過程之後，總有一天，會遇到自己喜歡，而且有能

學習可以擴大工作的選擇

調查小朋友未來的夢想時，會發現老師、醫生和藝人，是小朋友最想要做的職業。因為小朋友白天跟老師度過許多時間，也常常去醫院，晚上也常常看電視。經常接觸到的職業自然會大大地影響小朋友的未來夢想。

力做得到的職業，夢想改變是非常自然的事情。

現在有很多為小朋友設計的職業體驗課程或營隊活動，像是獸醫營、理財營、小小木工、小廚師、服裝設計師、超商一日店長等等。對於自己感興趣的工作，大家也可以試著找到相關活動進一步體驗，比起單純的想像，實際參與可以幫助我們對於不同職業有更多了解。

發現自己的天賦才能

法國作家安德烈・紀德從小就非常討厭去學校上學，因為沒有一門學科是他喜歡的。加上他個性膽小又怕生，沒辦法跟同學們一起玩樂。

不過，有一天上課時，老師請安德烈・紀德起立朗誦一首詩。安德烈・紀德充滿情感的朗讀出詩的韻味，老師給予他大大的稱讚。

安德烈．紀德因為老師的稱讚獲得了自信，從那天開始，他愛上閱讀詩和小說，同時也開始孜孜不倦的寫作。長大之後，他真的成為了一位作家，創作出許多優秀作品。

每個人天生都擁有自己的才能，只是，有時候那些才能被隱藏起來，平時看不太出來。就會像安德

Time
8
22
9
11
23
24
20
21
12
13
ABC
14
15
16
17
18
19

烈・紀德那樣，在別人沒有點醒他之前，他完全沒有發現自己對文學的喜愛和潛能。

我們如果想要早點發現自己的才能，就要多多體驗各種活動。不要抗拒沒有嘗試過的事情，要勇於挑戰。如果什麼都不做，只是靜靜等待的話，就無法知道自己擁有哪方面的才能。

大家可以列出一些曾經做過，並且覺得很有趣的事，然後再進一步地多了解。像是設計個人網頁、園藝種植或學習外文，如果發現自己對其中幾項特別感興趣，而且越來越擅長的話，就可能開發出自己擁有的才能。

原來世界上的職業這麼多？

大家在上學的途中，會看到許多正在工作的人，如果認真觀察他們分別是做什麼工作，會發現許多意想不到的職業。舉例來說，觀察一家賣鞋子的商店，仔細想想，從中可以發現不同職業。

首先登場的是鞋子設計師，設計師在設計鞋子之前，會先研究如何吸引顧客，然後才畫出設計圖。畫好的設計圖送到工廠，工廠的人會根據設計圖做出鞋子，完成的鞋子會放入由廣告設計師設計生產的鞋盒內，再送到倉庫。

訂單負責人通過電話或網路收到商家的訂單，收到訂單後，鞋子會由運輸公司的司機送到各個商店，最後才被擺在商店的陳列架上。

△△製鞋總部
打包箱子
宅配
宅配
設計
鞋子商店
△△製鞋辦公室
皮質工廠
設計

這樣算一算有幾個職業了呢？再進一步詳細觀察的話，會發現更多跟鞋子相關的職業。如果大家能培養這樣的觀察習慣，相信對於未來選擇職業會有很大的幫助。

閱讀人物傳記也是很好的方法，每本人物傳記都會介紹書中的主人翁曾經做過哪些工作？大家在閱讀時，會想像他們工作的模樣。如果是自己感興趣的職業，就可以針對那個人物的職業調查更多的資訊，然後參考他的經驗。

不只是人物傳記，廣泛閱讀其他像是科學、文學、藝術等各種領域的書，也是不錯的方式。透過閱讀，可以幫助大家了解更多不同類型的工作，為將來選擇職業做好準備。

失敗了，也不要放棄！

如果你已經找到自己喜歡的事情，可是總覺得做得還不夠好，為了可以做得更好，再繼續努力吧！即使能力不足或是成果沒有預期的好，也不用感到不安或急躁。因為開始行動就代表成功了一半，最重要的是，你已經開始為將來做準備了。

成為大人的過程就像是在爬山，上山的路上，大家常常會被石頭絆倒，或是前方突然出現烏雲、濃霧，看不清楚眼前的路。將來想成為畫家的人，要先練習畫出數千張的作品；將來想要成為鋼琴家的人，也會因為彈錯而被老師指責。

但是，遇到艱難如果能夠克服，碰到困難懂得想辦法解決，就會越來越有經驗、越來越堅強。

只要不放棄，一步步地堅定往前走，總有一天會走到山頂。到了那一天，就可以擁有夢想許久的職業，並過著幸福的生活。

「登頂」的路雖然辛苦，但不要感到孤單，因為有家人、老師的支持，以及朋友、同學的陪伴，說出彼此的夢想，互相加油打氣，就能夠獲得滿滿的元氣，繼續向前！

窩在圖書館的書蟲——比爾·蓋茲

微軟公司的創辦人比爾·蓋茲，他的成功來自於獨到的遠見，事先預想到未來不論是誰都需要自由地使用電腦，所以開發了個人電腦需要的軟體，引領了資訊通信技術的革新發展。

比爾·蓋茲說：「是社區圖書館打造了今天的

我。」每天放學後，他都會去圖書館埋頭閱讀，媽媽擔心他太過沉迷。有一天，媽媽去圖書館叫他馬上回家，可是比爾‧蓋茲雙手緊抓著書桌不放。最後，媽媽實在沒辦法，只好強迫把他拉出圖書館。

長大後，比爾‧蓋茲不管多忙，每天晚上還是會閱讀一個小時。週末的話，甚至會閱讀三、四個小時。他相信通過電腦中的影像，可以看到更大的世界，而通過書中的文字可以讓我們牢記那些詳細且有深度的知識。因此，即使只有一天也不能偷懶不看書。

成功創業之後的比爾·蓋茲，仍然維持大量閱讀的習慣，工作之餘，一年至少閱讀五十本書，讓其他人很難用忙碌當藉口說自己沒時間讀書。在他個人的網站《Gates Notes》裡面，最受歡迎的文章是他親筆撰寫的書評，他推薦的書單甚至會影響到年度銷售量。

他常告訴人們：「通過閱讀可以培養思考能

力、解決問題的能力，也可以讓我們看到遙遠的未來，擁有建構新世界的能力。」

比爾．蓋茲是全世界數一數二的富豪。但很多人都知道他的生活相當簡樸，大半的財產都用於社會，受到很多人的尊敬。正如他自己所說的，是閱讀打造了他，讓他學到人生的智慧。

我的未來志願

知識館007
改變孩子未來的思考閱讀系列5

小學生的未來志願教室

어린이행복수업-어떡하지, 난꿈이없는데

作　　　者　元在吉
繪　　　者　金素嬉
譯　　　者　劉小妮
語文審訂　張銀盛（臺灣師大國文碩士）
責任編輯　陳彩蘋
封面設計　張天薪
內文排版　李京蓉
童書行銷　張惠屏・侯宜廷・林佩琪・張怡潔

出版發行　采實文化事業股份有限公司
業務發行　張世明・林踏欣・林坤蓉・王貞玉
國際版權　鄒欣穎・施維真・王盈潔
印務採購　曾玉霞・謝素琴
會計行政　許俽瑀・李韶婉・張婕莛
法律顧問　第一國際法律事務所　余淑杏律師
電子信箱　acme@acmebook.com.tw
采實官網　www.acmebook.com.tw
采實臉書　www.facebook.com/acmebook01
采實童書粉絲團　https://www.facebook.com/acmestory/

I S B N　978-626-349-244-8
定　　價　350元
初版一刷　2023年5月
劃撥帳號　50148859
劃撥戶名　采實文化事業股份有限公司
104 台北市中山區南京東路二段 95號 9樓
電話：02-2511-9798　傳真：02-2571-3298

國家圖書館出版品預行編目(CIP)資料

小學生的未來志願教室 / 元在吉作；金素嬉繪；劉小妮譯. -- 初版. -- 臺北市：采實文化事業股份有限公司, 2023.05
面；　公分. -- (知識館；7)(改變孩子未來的思考閱讀系列；5)
譯自：어린이 행복 수업-어떡하지, 난 꿈이 없는데
ISBN 978-626-349-244-8(平裝)
1.CST: 職業 2.CST: 通俗作品
542.7　112003460

線上讀者回函

立即掃描 QR Code 或輸入下方網址，連結采實文化線上讀者回函，未來會不定期寄送書訊、活動消息，並有機會免費參加抽獎活動。

https://bit.ly/37oKZEa

어린이행복수업-어떡하지, 난꿈이없는데
I Don't Have a Dream at All (Job)

采實出版集團
ACME PUBLISHING GROUP